La Pín

Emeritus Professor Robert Ely FRSA, FIoD, PFHEA, Ed.D, B.Ed(Hons)

978-0-9871351-8-6

For

Alizée, Eliza, Océane

Preface

Originally published in English in *Higgledy-Piggledy*, the entire story came from a strange dream of a man with a rabbit in his head. Albert, the man of my dreams, so to speak, inevitably contains something of myself. The rabbit some layer beneath that, is I suppose his conscience.

I showed it to my lovely French Tutor, Liliane, crudely translated into French. It was a confusing tale told in the wrong tense and it had lost much of its subtlety and what little poetic impact it had.

Aside perhaps, from the fact that the French for rabbit (lapin) when given a space, becomes La Pin; or, the pin. Of course the rabbit pricks Albert's conscience.

After some discussion, and despite her indescribable troubles, she devotedly translated it.

I am deeply grateful Liliane; not only for this work, but for so patiently teaching me a foreign language, if a little late in my life.

So, here it is in French, with the English alongside.

A tracker, Mr Oreilles was no ordinary rabbit, for he had an extraordinary nose.

What on earth was he thinking?

And why did this ridiculous description of a rabbit find its way into his head? After all, his head was already full; it was like the floor of a stock exchange just after the bell had gone.

Thoughts and whims, like traders, filled every available space, jostling, vying for attention, as they traded ideas with each other. Some were older thoughts, memories you might say; and others, more youthful ones, full of vim and vigour scurried about the room trying to make an impression and a name for themselves. So, what a tall grey rabbit was doing in there was indeed a mystery.

Albert put his soft hand inside his coat to feel the Harris Tweed of his jacket and down to the top pocket to see if the thing he was feeling for, was still there; and it was, so, with automatic hand he left it there and returned to the task of stirring once more the tepid tea whirring in the milky pool of a chipped white cup.

Nanti d'un flair extraordinaire, Mr Oreilles, pisteur, n'était pas un lapin ordinaire.

A quoi diable pensait-il ?

Et pourquoi cette description ridicule d'un lapin lui était-elle venue à l'esprit ? Sa tête ne grouillait-elle pas déjà autant que le parquet d'une bourse après que la cloche a sonné ?

A la façon des traders, ses pensées et ses caprices se bousculaient, remplissaient chaque espace encore disponible, étaient en rivalité pour attirer l'attention alors qu'elles s'échangeaient des idées. On pourrait considérer certaines de ses pensées, plus familières, comme des souvenirs tandis que d'autres plus juvéniles, pleines d'énergie et de vigueur, détalaient dans la salle pour faire impression et se faire un nom. Alors, ce qu'un grand lapin gris y faisait était bien mystérieux.

Albert mit sa douce main à l'intérieur de son manteau pour palper le tweed de sa veste et la glissa au fond de sa poche supérieure pour vérifier que la chose à laquelle il tenait si précieusement était toujours bien là. Et, comme c'était le cas, tel un automate, il l'y laissa et retourna à la tâche de mélanger une fois de plus le thé tiède, tourbillonnant dans les remous laiteux d'une tasse blanche ébréchée.

The spoon clattered on the side and then was held in thoughtful suspension, whilst the last drip of tea plopped into the turbulence below. Tributaries of rain riddled down the steamy window panes of the noisy cafeteria. His thoughts gathered round to consider the rabbit:

A tracker, Mr Oreilles was no ordinary rabbit, for he had an extraordinary nose. It was said by some, that his sense of smell was prodigious and that his constantly twitching whiskers could tell the length of a carrot even before it was plucked from the...

Why would a rabbit have a name like Oreilles?

What was a tracker?

And who cares about his heightened olfactory sensitivity or the length of his carrots?

Albert had better things to do than think about a bloody stupid rabbit; he had a cup of tea to drink and a Danish pastry stuffed with applesauce, to consider. So, he considered, for a moment, the Belle Hélène, ultimate expression of texture and balance of flavours: a puff pastry with a surprisingly refined range of flavours: chocolate, pear, walnuts, all topped with a dollop of mascarpone. Great, but why it was so different from his usual mid-morning vice.

La petite cuillère cliqueta sur le bord puis se maintint en suspension, pensivement, tandis que la dernière goutte de thé éclaboussait la turbulence sous-jacente. Des affluents de pluie criblaient les vitres embuées du café bruyant. Ses pensées convergèrent autour du lapin :

Nanti d'un flair extraordinaire, Mr Oreilles, pisteur, n'était pas un lapin ordinaire. Certains disaient même qu'il était doté d'un odorat prodigieux et que ses moustaches constamment en alerte parvenaient à deviner la longueur d'une carotte avant même qu'elle ne soit cueillie de …

Pourquoi un lapin porterait-il le nom d'Oreilles ?

Qu'était un pisteur ?

Et puis qui se souciait de son hypersensibilité olfactive ou encore de la taille de ses carottes ?

Albert avait certainement mieux à faire que de penser à ce maudit lapin stupide ; il avait une tasse de thé à boire et une pâtisserie à déguster. Alors, il examina un instant la Belle Hélène, ultime expression de la texture et de l'équilibre des saveurs : une pâte feuilletée avec une gamme étonnamment raffinée d'arômes : chocolat, poire, noix, le tout couronné d'une cuillérée de mascarpone. Superbe…mais pourquoi était-elle si différente de son péché mignon habituel de milieu de matinée ?

This creation was really something strange, it was like it had no smell. Albert was used to the light scent of freshly baked pie that mingled with the fragrance of fresh baked pear.

What was happening?

What on earth was happening?

Why had it not occurred to Brussels protect the Belle Helene as it had done for the Gruyère or Moules de Bouchot?

At almost seventy-five years of age, Albert could not fathom even in the files of memories in the basement beneath the exchange floor; or amongst the dreams and schemes unfulfilled, that he kept in the loft of his mind, why anyone, even a Eurocrat, would want to produce a pastry with no smell. He ate it nonetheless.

Why not?

He still had his own teeth, although, at times he felt less than complete; that a screw might be loose; or a few marbles might be missing. But in appearance, at least, he remained in the shabby elegance of an ageing Parisian roué. Except, of course, that he was from Avignon, not Paris.

"The old roué" said the rabbit in his head, "his life littered with a litany of broken hearts, never concealed the fact that he was a ladies' man".

"That's not true!" replied Albert, out loud to himself.

Cette création avait vraiment quelque chose d'étrange, on aurait dit qu'elle n'avait aucune odeur. Albert était habitué au léger parfum de la tarte fraîchement sortie du four qui se mêle à la douce fragrance de la poire cuite. Que se passait-il ? Où le monde allait-il ? Pourquoi Bruxelles n'était-elle pas intervenue pour labelliser la Belle Hélène comme elle l'avait déjà fait pour le Gruyère ou les moules de Bouchot ?

A presque soixante-quinze ans, Albert ne pouvait comprendre, même en consultant les fichiers de ses souvenirs au sous-sol du parquet de la Bourse, ou parmi ses rêves et ses projets non réalisés enfouis sous les combles de sa tête, comment quiconque, surtout un Eurocrate, pouvait souhaiter qu'on produise une pâtisserie sans odeur ?
Il la mangea néanmoins.

Pourquoi pas ?

Bien qu'il eût encore toutes ses dents, il se sentait parfois un peu désaxé, peut-être un peu cinglé ou comme s'il lui manquait une case. Mais il avait gardé l'élégance abjecte du parisien débauché vieillissant. Sauf, bien sûr, qu'il était d'Avignon et non de Paris.

« Ce vieux débauché » marmonna le lapin dans sa tête, « sa vie aura été jonchée d'une litanie d'échecs amoureux, il n'a jamais caché qu'il était un homme à femmes ».

« Ce n'est pas vrai » se répondit Albert à voix haute.

Outside, through the condensation on the cafeteria window, the thunder rumbled menacingly, rattling the panes, as the rain came down once more in a sudden torrent.

Albert wiped the window with his handkerchief, to watch, as the unprepared populace scurried about to find shelter. Some tried to hide from the wrath of Thor, with a flimsy damp newspaper held aloft; others huddled in doorways, whilst the clearly stupid ones darted across the road, weaving between the moving cars, as drivers fumbled for their windscreen wipers. Thor's hammer hit the great anvil in the sky and sparks dropped to the earth in a sudden flash of lightning. Thor...he was thinking...interesting. File under Norse Polytheism.

"May I?"

Albert looked up at the young woman, soaked through her thin dress right down to the skin. She was shivering and standing before him.

"What?" he said, startled from his mental filing exercise.

"May I sit down?"

Arthur glanced at the crowded tables around him.

"Yes...please do."

Dehors, à travers la condensation sur les fenêtres du café, l'orage grondait, menaçant, faisant trembler les vitres alors que la pluie s'abattait à nouveau torrentiellement.

Albert essuya la fenêtre avec son mouchoir afin d'observer la populace, prise au dépourvu, se précipiter à la recherche d'un abri. Certains essayaient d'échapper à la colère de Thor en brandissant un fragile journal trempé ; d'autres s'entassaient sous les porches, tandis que les plus stupides traversaient la route en fonçant, zigzagant entre les voitures alors que les conducteurs cafouillaient pour activer leurs essuie-glace. Le marteau de Thor avait percuté la grande enclume et des étincelles retombaient sur la terre en un soudain éclair de foudre. Thor...pensa-t-il...intéressant. Fichier sous Polythéisme Scandinave.

« Puis-je ? »

Albert leva la tête et regarda la jeune femme trempée jusqu'aux os à travers sa robe fine qui lui collait à la peau.

« Pardon ? » dit-il, étonné de son exercice d'archivage mental.

« Pourrais-je m'asseoir ? »

Albert jeta un coup d'œil aux tables bondées du café 'Les Deux Magots'.

« Oui...je vous en prie ».

As he often did when he was startled or nervous or just idle, he put his soft hand inside his coat to feel the Harris Tweed of his jacket and down to the top pocket to see if it was still there; and it was, so, with automatic hand he left it there and returned to the task of stirring once more the remains of the tepid tea, whirring in the milky pool of a chipped white cup.

The spoon clattered on the side and then was held in thoughtful suspension, whilst the last drip of tea plopped into the turbulence below.

The pastry without any smell left his stock exchange floor for a comfort break, whilst Albert pondered and processed the sight before him; but the damned rabbit was still hanging around.

"You old fool." said the rabbit.

Why did she say, *may* I sit down?
And not *can* I sit down?
Or *could* I sit down?
He thought to himself.

She was removing a lightweight macintosh coat, stained dark by the rain, by slipping it off her shoulders and onto the back of the chair. Clearly, it was more of a fashion statement than a rain repellant.

"Quite a storm?" she said quietly, as if to fill the empty space across the arid plastic tabletop.

Comme il le faisait souvent dès qu'il était surpris, nerveux ou tout simplement oisif, il mit sa douce main à l'intérieur de son manteau pour palper le tweed de sa veste et la glissa au fond de sa poche supérieure pour vérifier que la chose à laquelle il tenait si précieusement était toujours bien là. Et puisque c'était le cas, alors, comme un automate, il l'y laissa et retourna à la tâche de mélanger une fois de plus ce qui restait du thé tiède, tourbillonnant dans les remous laiteux d'une tasse blanche ébréchée.

La petite cuillère cliqueta sur le bord puis se maintint en suspension, pensivement, tandis que la dernière goutte de thé éclaboussait la turbulence sous-jacente.

La pâtisserie sans aucune odeur quitta le parquet de la bourse tandis qu'Albert était en train de méditer et d'assimiler intellectuellement l'apparition devant lui.

« Vieil imbécile » dit le lapin.

Pourquoi a-t-elle dit, pourrais-je m'asseoir ?
Et non pas je peux m'asseoir ?
Ou encore puis-je m'asseoir ?
Il cogita.

Elle ôta son léger imperméable, devenu plus foncé à cause de la pluie, le fit glisser de ses épaules et le mit sur le dossier de la chaise. De toute évidence, il s'agissait là plus d'un habit tendance que d'une protection contre la pluie.

« Quel orage ! » dit-elle doucement, comme pour remplir l'espace vide de l'autre côté de la table.

"Yes, I suppose so." Albert replied, looking into her eyes for the first time.

They were of burnt umber, with a hint of ochre, which seemed to pull something from deep inside his stomach. Once more, nervously, he felt for his top pocket.

"You're soaking wet." he said with genuine concern as she began to shiver again, holding her hands to the warm mug of coffee before her.

And, indeed she was very wet.

The flimsy coat had offered little protection from the deluge, soaking through the lining and onto the thin floral fabric of her cotton summer dress. It clung to her olive skin.

"That's the second time you've noticed that." proffered the rabbit.

Suddenly aware of Albert's gaze, she pulled her arms inward at the elbow to slowly cover her embarrassment.

"I'm sorry..." said Albert, as if it were all his fault, "...here...take my coat."
"No...really..."
"I insist." asserted Albert, as he offered a carrot of comfort.

Before she could object any further, he had whisked it off and placed it over her cold shoulders.

« Oui, effectivement », répondit Albert en la regardant pour la première fois dans les yeux.

Ils étaient de la couleur de la terre d'ombre brûlée, avec une pointe d'ocre, ce qui semblait lui remuer les entrailles. Une fois de plus, il chercha par tâtonnement sa poche supérieure.

« Vous êtes trempée jusqu'aux os » dit-il, sincèrement soucieux, alors qu'elle s'était remise à trembler, les mains autour de la tasse de café pour se les réchauffer.

Et, en effet, elle était très mouillée.

Le léger imperméable n'avait offert qu'une mince protection contre le déluge qui avait traversé la doublure jusqu'au fin tissu à motif floral de sa robe d'été. Elle collait à sa peau olive.

« C'est la deuxième fois que tu remarques cela », proféra le lapin.

Soudain consciente du regard fixe d'Albert, elle croisa les bras contre sa poitrine pour couvrir lentement son embarras.

« Je suis désolé » dit Albert, comme si tout cela était de sa faute, « tenez, ...prenez mon manteau ».
« Non...vraiment... »
« J'insiste » affirma Albert

Avant même qu'elle ne puisse de nouveau s'y opposer, il l'avait déjà retiré et posé sur ses épaules glacées.

"Well, thank you. I can let you have it back in a few minutes. As soon as the storm passes, I can move on. I don't have far to go, just across the road and to the market stalls"

"Really? That's where I'm headed too. Are you going to the Art, Books and Craft Fair?"

"Yes."

"Let me guess..." he pondered for a moment, "You are...let me see...a writer?"

"No."

"Really? I am rarely wrong; I have nose for such things." Arthur was somewhat deflated.

"I wish I was. No. I'm very much at the craft end of the Fair. I make and sell scented candles."

"Oh...so you are not a writer then?"

"Definitely not. My mother says I may as well work for a fishmonger, as the smell of the candles is so overpowering that I'll never get a boyfriend!"

She smiled for the first time. Albert was captivated, smitten even.

"You old fool!" repeated Mr Oreilles, his pink eyes glinting.

« Eh bien, merci. Je vous le rends dans quelques minutes. Je pourrai repartir dès que l'orage sera passé. Je ne vais pas bien loin, juste de l'autre côté de la route jusqu'au marché ».

« Vraiment ? C'est là où je vais également. Est-ce-que vous allez au Salon des Arts, du Livre et de l'Artisanat ?

« Oui »

« Laissez-moi deviner… » Il s'arrêta un instant, « Vous êtes…laissez-moi réfléchir…écrivain ? »

« Non »

« Ah bon ? Je ne me trompe pourtant rarement ; J'ai du nez pour ce genre de choses. » Albert fut quelque peu dépité.

« J'aurais bien aimé l'être. Mais non. Je suis à la section artisanat au bout du Salon. Je fabrique et je vends des bougies parfumées. »

« Oh…vous n'êtes pas écrivain alors ? »

« Certainement pas. Ma mère affirme que je pourrai tout aussi bien travailler dans une poissonnerie, que cela ne ferait pas de différence, l'odeur des bougies est répugnante, que je ne trouverai jamais de petit-ami ! »
Elle sourit pour la première fois. Albert était fasciné, conquis même.

« Vieux fou ! », répéta Mr Oreilles, avec ses yeux rose étincelants.

Indeed, he was so enamoured of her, that he simply forgot that he must have been fifty-odd years her senior. However, that thought was somewhere on the crowded exchange floor, lurking there in the shadows, as a pale reminder of his frailty; and to guard against any silly ideas that might be forming in the lobby outside. Mr Oreilles was also there, leaning on a ledge, by a large marble column, languidly stroking his wiry, white whiskers and shaking his head. He stopped only to remove his pocket watch and to yawn as he checked the time, before replacing it back into his waistcoat pocket.

"I'm a painter," he said, before she asked the inevitable question.

"Really? What sort of painter?"

"I've been a painter all my life." he replied, following a thought down the stairs to the lower
basement. And there he continued to rummage for a while, browsing through a drawer, fingering the files, until he found the one labelled...*Portugal*.

"I ran away from home when I was sixteen. Well, not ran away, just walked, rather pompously, as I recall. I had had an argument, a row, an altercation, you might say, with my father; over something really stupid. I think he complained that I always left the living room door open, letting in a draft of cold air. So, I slammed it shut....

Il était d'ailleurs si épris d'elle qu'il avait oublié qu'il devait bien être de cinquante ans son aîné. Cette pensée rôdait toutefois sur le plancher bondé de la Bourse, enfouie dans les ténèbres , pour lui rappeler sa faiblesse et pour le prémunir contre toute idée absurde qui pourrait jaillir dans le hall extérieur. Mr Oreilles était là lui aussi, adossé au rebord d'une large colonne de marbre, en train de caresser langoureusement ses moustaches blanches et drues et d'agiter sa tête. Il cessa de le faire uniquement pour sortir sa montre à gousset et pour bâiller alors qu'il vérifiait l'heure, avant de la remettre dans la poche de son gilet.

« Je suis artiste-peintre », dit-il, avant qu'elle ne lui pose l'inévitable question.

« Ah oui ? Quel type de peintre ? »

« Je n'ai jamais cessé de peindre », répondit-il, en suivant une pensée qui était en train de descendre l'escalier jusqu'au sous-sol inférieur. Et là, il continua à fouiller un certain temps, feuilletant un classeur, déroulant les fichiers, jusqu'à ce qu'il tombe sur celui étiqueté... *Portugal.*
« Je me suis enfui de la maison lorsque j'avais seize ans. Enfin, pas enfui mais plutôt parti, assez pompeusement d'ailleurs à ce dont je me souviens. J'avais eu une querelle, une dispute, une altercation , pourrait-on dire, avec mon père ; à propos de quelque chose de vraiment stupide. Je crois qu'il s'est plaint du fait que je laissais toujours la porte du salon ouverte, faisant ainsi pénétrer un courant d'air froid. Alors, je la ferme en la claquant....

Not purposely, you understand; it just did. He followed me into the hall as I opened the front door and he demanded that I return, close the door quietly and apologise to him. He even pulled on the inside of the front door to prevent me from closing it. The door strained between us, until, with great force it slammed shut behind me; and the glass in the top half of the door smashed on the pavement below."

Albert paused for a moment, and then:

"That was the last time I saw my father, inside the door, framed by shards of broken glass."

"Where did you go?"

"I hitched a series of rides through France and all the way down to the Algarve, on the southern coast of Portugal, to the western-most tip of the European continent, at Sagres. It was where I imagined Christopher Columbus must have stood, looking outward for the New World. There I spent most of 1956, pondering the waves, as the Atlantic rolled and rolled in."

"But how did you live?"

"I'm sorry...I'm boring you."

"No, tell me, please."

Mais sans le faire exprès, vous comprenez. C'est juste arrivé. Il me suit dans le couloir alors que j'ouvre la porte d'entrée et il me demande de revenir la fermer calmement et de m'excuser auprès de lui. Il tire même sur la porte pour m'empêcher de la fermer. Elle est soumise à rude épreuve jusqu'à ce qu'elle claque et se ferme derrière moi violemment ; puis la vitre de la partie supérieure se brise sur le trottoir.»

Albert s'arrêta un instant, et ajouta :

« C'est la dernière fois que j'ai vu mon père, dans l'embrasure de la porte, encadré par des tessons de verre.

« Où êtes-vous allé ? »

«   J'ai traversé la France en stop et je suis descendu jusqu'à l'Algarve, sur la côte sud du Portugal, jusqu'à Sagres, la pointe la plus occidentale du continent européen. C'est là où j'imaginais que Christophe Colomb s'était rendu, en partance pour le Nouveau Monde. J'y ai passé la plupart de l'année 1956, à méditer en observant les vagues de l'Atlantique se briser sur le rivage.

« Mais de quoi viviez-vous ? »

« Excusez-moi…je dois vous ennuyer »

« Pas du tout…Je vous en prie, continuez »

"As anybody lives: simply, on a needs only basis, day to day. I met a young Portuguese woman on a beach in Lagos, on a glorious spring day. She took me home with her, and we spent a warm night together. In the morning, she cooked breakfast; an omelette, I think, with ham and cheese? It was the best omelette I had ever tasted. At the back of the small farmhouse, there was an old barn, in which her father painted pictures. Just clouds, as if he was in a dream; or perhaps he was yearning for something? I don't know. I spent the summer days watching him paint; and those close, humid nights in his daughter's arms. Sometimes, he would get a commission to paint clouds on the ceiling of some luxurious villa; and I would help him, painting the fluffy cotton wool clouds onto an azure sky.

On the first day of autumn, my birthday, I left her bed, her arms and his studio, to move East to Alcoutim. I remember thinking that I would miss his bold creative strokes, and Thérèse's too…"

Albert paused, and then

"I'm sorry, I'm embarrassing you."

"No, not at all. And did you miss them?"

« Comme tout le monde : simplement, avec le strict minimum, au jour le jour. J'ai rencontré une jeune femme portugaise sur une plage à Lagos, par une glorieuse journée de printemps. Elle m'a invité chez elle, et nous avons passé ensemble une nuit très chaude. Le matin, elle a préparé le petit-déjeuner ; une omelette, je crois, au jambon et au fromage ? C'est la meilleure omelette que j'aie jamais mangée . A l'arrière de la petite ferme, il y avait une ancienne grange dans laquelle son père peignait des tableaux. Simplement des nuages, comme s'il était dans un rêve ; ou peut-être se languissait-il de quelque chose ? Je ne sais pas. J'ai passé mes journées d'été à le regarder peindre ; et ces nuits intimes et lourdes dans les bras de sa fille.

On lui commandait de temps en temps des nuages en trompe l'œil au plafond d'une villa de luxe ; et j'allais l'aider à peindre les nuages cotonneux sur un ciel azur. J'ai quitté son lit, ses bras et son atelier au premier jour de l'automne, le jour de mon anniversaire, pour aller vivre à Alcoutim. Je me souviens avoir pensé que sa touche créative et audacieuse me manquerait, ainsi que Thérèse… »

Albert marqua une pause, puis ajouta

« Mais, pardon, je dois vous embêter…»

« Non, pas du tout. Et est-ce qu'ils vous ont manqué ? »

"Of course. But as I left, Thérèse handed me a small gift, and said, *lembrar-se de*. Which means, *remember*. Her hand opened and in the soft pale palm I knew so well, lay a fine, small paintbrush. One of her father's, I think?"

"And that was when you started painting?"
"In earnest. Yes."

"And were you painting for her?"

"At first, yes. But there is no future in painting for the past; so, I began to paint for myself; for the here-and-now."
"Did you ever see her again?"
"Thérèse? Yes, actually I did."
"Tell me what happened?"
"She was my first love."

Albert paused for a moment to reflect on his own profundity.

"Some years and many paintings later, I found myself near Lagos, in Portimao. It was market day, and the whole town was buzzing with sights and sounds and smells and the vitality of life. I was sitting outside a café drinking my usual dark sludge, eating the traditional scented sponge cake, Pão-de-Ló. Every Portuguese town, it seems, has its own recipe for Pão-de-Ló. Alfeizerão, for example, near the fishing village of Nazaré, is famous for a Pão-de-Ló that is only half-baked and eaten like a pudding. Most of them, however, are fairly classic sponge cakes with higher or lower proportions of eggs and sugar...

« Bien sûr. Mais lorsque je suis parti, Thérèse m'a donné un petit présent et m'a dit, *lembrar-se de*. Ce qui signifie '*souviens-toi* '. Elle a ouvert sa main et il y avait dans sa paume douce et pâle que je connaissais si bien, un joli petit pinceau. Sans doute un de ceux de son père »

« Et c'est à partir de ce moment que vous vous êtes mis à peindre ? »

« Sérieusement, oui. »

« Et est-ce pour elle que vous peigniez ? »

« Au début, oui. Mais peindre le passé n'offre pas d'avenir ; J'ai donc commencé à peindre pour moi-même, pour le présent. »

« L'avez-vous revue ? »

« Thérèse ? En fait, oui. »

« Vous pouvez me raconter ce qui s'est passé ? »

« Elle a été mon premier grand-amour »

Albert fit une pause un instant pour réfléchir à la profondeur de son propos.

« Quelques années et de nombreuses peintures plus tard, je me suis retrouvé près de Lagos, à Portimao. C'était le jour du marché, et toute la ville était en effervescence autour de ce qu'on pouvait voir, entendre et sentir, de toute la vitalité de la vie. J'étais assis à la terrasse d'un café en train de boire ma boue noire habituelle et de manger la traditionnelle génoise parfumée, Pao-de-Lo. Il semblerait que chaque ville portugaise ait sa propre recette de Pao-de-Lo. Alfeizerao, pour ne citer qu'elle, située près du village de pêcheurs de Nazaré, est réputée pour son Pao-de-Lao à moitié cuit et consommé comme dessert. La plupart sont cependant des génoises assez classiques avec des proportions variables d'œufs et de sucre...

They are a bakery staple and you see them in pastelarias everywhere, with their baking parchment serving as wrappers. The smell is wonderful. I am sketching the local fishmongers, when I see her across the market square. I know instantly, it is Thérèse. Her hair, as always, shimmering, long and black in the sun; and her dark eyes sparkling in the light; her smile, untarnished by the years that had past. She has a child with her, a small girl, holding her hand, and eating a piece of orange scented sponge with the other. And an older man, nearby."

Albert paused as he recalled the image from the basement of his mind and moved it to a loftier place; the room where he kept his dreams.

"Did she see you?"

"No."

"And the child? Was she...was she yours?"

"I have asked myself that from time to time. I don't really know; and I suppose I never will."

There was a short silence.

Albert put his soft hand where his coat should be, to feel the Harris Tweed of his jacket and down to the top pocket to see if it was still there; and it was, so, with automatic hand he left it there and returned to the task of stirring once more the tepid tea...but it was all gone. He looked into the empty cup.

Elles sont une denrée de base des pâtisseries et on en trouve dans toutes les « pastelarias », emballées dans leur papier sulfurisé. L'odeur est merveilleuse. J'étais en train de faire une esquisse des poissonniers locaux, lorsque je l'aperçois, en face, de l'autre côté de la place du marché. Je sais instantanément que c'est Thérèse. Sa longue chevelure noire, comme toujours, brille au soleil ; et ses yeux noirs scintillent dans la lumière ; son sourire, est épargné par les années qui ont passé. Elle a une enfant avec elle, une fillette, qui lui tient la main et qui mange, de l'autre, une part de génoise à l'orange. Et un homme plus âgé, à coté. »

Albert s'interrompit au moment où l'image du sous-sol de sa tête lui revint à l'esprit et il la mit dans un endroit plus noble : la pièce où il hébergeait ses rêves.

« Est-ce qu'elle vous a vu ? »

« Non »

« Et la petite fille ? Est-ce que….était-ce la vôtre ? »

« Je me le suis parfois demandé. Je ne sais pas ; et je suppose que je ne le saurai jamais. »

Il y eut un bref silence.

Albert mit sa douce main à l'endroit où devait être son manteau, pour sentir le sergé de sa veste, et la glissa au fond de sa poche supérieure pour voir si la chose était encore là ; et comme c'était le cas, tel un automate, il l'y laissa et retourna à la tâche de mélanger une fois de plus le thé tiède…mais il n'y en avait plus. Il observa la tasse vide.

"What kind of pictures do you paint?" she asked as her velvety lips parted to a smile that any man would die for.

"The rain has stopped. Come with me now, and I'll show you."

Mr Oreilles twitched his nose and pulled his jacket down, taut, across his chest, and began to button it up as if he too were leaving.
Albert had not taken any note of the jacket before; indeed, he had not questioned the existence of the jacket, and why a rabbit should be wearing one. It was pleated around the cuffs in the darkest, verdant green; and over the tops of the pockets in pleated flaps. And the pleats had pleats, as did the collar. It was a jacket to be proud of, and was the only thing other than him self that Mr Oreilles possessed; for rabbits never wore trousers; that would be absurd.

Albert looked at the young woman as she rose from the chair and, as a gentleman should, he held his coat, so that her arms could slip into it. He looked at the back of her neck, the nape as it is called, and he knew that he was hopelessly in love.

"Your name? I don't know your name?"

" Hélène. But everyone calls me Eliana."

"A Portuguese or Spanish name?"

"Yes. My grandmother was Portuguese."

« Quel genre de tableaux peignez-vous ? »
demanda-t-elle alors que ses lèvres de velours
s'ouvraient en un sourire sublime qui aurait fait
craquer n'importe quel homme.

« La pluie s'est arrêtée. Vous voulez venir avec
moi pour que je vous les montre ? «

Mr Oreilles remua le bout de son nez, et, crispé,
mit sa veste et la ferma, puis commença à la
boutonner comme s'il partait lui aussi.

Albert n'avait pas du tout remarqué la veste
auparavant ; il ne s'était d'ailleurs pas interrogé
sur l'existence de la veste, et la raison pour
laquelle un lapin en porterait une. Elle était
plissée autour des poignets et au dessus des
poches. Et les plis avaient des plis, tout comme
le col. Il s'agissait là d'une veste dont on
pouvait être fier, et, à part lui-même, c'était la
seule chose que possédait Mr Oreilles; car les
lapins ne portent jamais de pantalon ; ce serait
ridicule.

Albert regarda la jeune Eliana se lever de sa
chaise et, comme un gentleman , il lui présenta
son manteau de telle sorte que ses bras
puissent s'y glisser. Il observa l'arrière de son
cou, sa nuque ainsi qu'on la nomme, et il sut
qu'il était déjà éperdument amoureux.

« Votre nom ? Je ne connais pas votre nom ? »

« Hélène. Mais tout le monde m'appelle
Eliana. »

« C'est un nom portugais ou espagnol ? »

« Oui. Ma grand-mère était portugaise. »

"Interesting."

"And you?"

"Pardon?"

"Your name?"

For a moment Albert couldn't remember his name. Why should he? He had no use of it.

"Albert...Albert La Pin."

They were both captured by the cold when they opened the door to leave the cafe and walk the Rue Bonaparte at St Germain des Pres. It was a grey autumn day in this cold northern city. The gloomy buildings, once imperial, majestic, formed a canyon through which the wind whistled and leaves littered the wet streets, poorly maintained, and accumulated at the foot of the imposing building.

"The church has had a tumultuous history. In 521 AD, Saint-Germain, who later became bishop of Paris, convinced the first Merovingian king Childebert, son of Clovis, to build a monastery and a church to receive and house the holy relics he had brought from Spain as trophies of his victory in an expedition against the Visigoths.

« Intéressant ».

« Et vous ? »

« Pardon ? »

« Votre nom ? »

L'espace d'un instant, Albert fut incapable de s'en souvenir. Pourquoi le devrait-il ? Il ne s'en était jamais servi.

« Albert ... Albert La Pin. »

Ils furent tous les deux saisis par le froid lorsqu'ils ouvrirent la porte pour sortir du café et marcher de la rue Bonaparte à l'église St Germain des Près. C'était une journée de grisaille automnale dans cette ville du Nord froide. Les bâtiments lugubres, jadis impériaux et majestueux, formaient un canyon à travers lequel le vent sifflait et les feuilles jonchaient les rues mouillées, mal entretenues et s'accumulaient au pied de l'imposant édifice.

« L'église a connu une histoire tumultueuse. En 521 AD, Saint-Germain, qui deviendra plus tard évêque de Paris, a convaincu le roi mérovingien Childebert 1er , fils de Clovis, de construire une abbaye et une église pour recevoir et abriter les saintes reliques qu'il avait ramenées d'Espagne comme trophées de sa victoire lors d'une expédition contre les Wisigoths.

Saint-Germain dedicated the new church under the title of St. Croix and St. Vincent but his death the abbey will no other name than his own and become the final resting place of the Merovingian kings. However, to distinguish it from another church of Saint-Germain, who was on the Ile de la Cité, and as the church was in the campaign, he added, "the close" and thus the name was born Saint-Germain-des-Près. The church was magnificent and its roof covered with gilded copper, he also earned the name of *Saint-Germain-Gold*."

Entering the open hall, Albert took the time, and a great deal of care, to take Eliana on a tour of his paintings; and she, in turn, took the care and time to look at them sensitively, commenting where she could on the fine detailed work. Albert painted leaves on forest floors in autumnal colours. In amongst the leaf litter an image would form and then vanish. It was a little like looking into the flames of a fire, or a cluster of clouds.

"Beautiful." she said, in simple truth.

"The paintings used to be greener; a little more spring-like. But these days, in the autumn of my life…and…your candles. Can I see them?"

"Oh, I don't…"

"Please."

Saint-Germain dédia la nouvelle église sous le titre de Sainte-Croix et de Saint-Vincent mais à sa mort l'abbaye ne portera plus d'autre nom que le sien et deviendra la dernière sépulture des rois mérovingiens. Cependant, pour la distinguer de l'autre église Saint-Germain qui se trouvait sur l'île de la Cité, et comme cette église se trouvait à la campagne, on lui ajouta « des près » et c'est ainsi qu'est né le nom de Saint-Germain-des-Près. L'église était somptueuse et son toit, revêtu de cuivre doré, lui a valu aussi le nom de *Saint-Germain-le Doré* »

Une fois entrés, Albert prit le temps et beaucoup de soins à faire faire à Eliana le tour de ses tableaux , et, à son tour, elle prit le soin et le temps de les admirer avec sensibilité, commentant lorsqu'elle le pouvait son œuvre minutieuse et délicate. Albert peignait les feuilles des sols forestiers aux teintes automnales. Parmi les feuilles mortes apparaîtrait une image qui finirait par se volatiliser. C'était un peu comme regarder les flammes d'un feu, ou un amas de nuages.

« C'est beau » dit-elle, simplement ;

« Je peignais dans des coloris plus verts, un peu plus printaniers. Mais à présent, à l'automne de ma vie…et….vos bougies. Est-ce que je peux les voir ? »

« Oh…je ne… »

« S'il-vous-plaît »

Eliana, nervously, took Albert over to the craft end of the fair, to her humble stall with the word, *Candlelicious* painted on a sign above. The stall was festooned with candles, votives, jars and tea-lights; all in natural woodland colours.

"This one is eucalyptus." She said as she proffered it to his nose.

"Lovely." he replied.

In truth, Albert could smell nothing whatsoever, and wondered who on earth would buy scented candles that smelled of nothing in particular. How many would buy a scented candle, light it, and then smell nothing? Having to burn a candle only to have to stand over it to smell it? How about a buried wick that can't be relit? How often have you had wax left over on the sides of the holder? Albert's internal questions were getting the better of his wits.

Mr Oreilles shook his head disdainfully.

"Well..." she said, puncturing the moment and handing him his coat, folded loosely, like a blanket.

"Yes..." he replied, taking it.

There was an awkward silence.

Eliana amena nerveusement Albert à la section artisanat de la Foire, jusqu'à son modeste stand au dessus duquel était peint sur une pancarte le mot « *Candlelicious* ». Le stand était orné de bougies, de cierges, de photophores et de bougies chauffe-plat, tous dans des tons champêtres naturels.

« Celle-là est à l'eucalyptus. » dit-elle en la lui faisant sentir.

« Délicieux. » répondit-il.

En vérité, Albert n'arrivait à sentir absolument rien, et se demandait qui diable pouvait bien acheter des bougies parfumées qui n'avaient aucune odeur particulière. Combien de personnes achèteraient une bougie parfumée, l'allumeraient pour ne rien sentir ensuite ? Devoir allumer une bougie uniquement pour se pencher au dessus d'elle pour la sentir ? Et que penser de la mèche enfouie qui ne peut se rallumer ? Et des morceaux de cire qui dégoulinent sur les parois du chandelier ? Les questions intérieures d'Albert faisaient appel au meilleur de son esprit.

Mr Oreilles secoua la tête avec dédain.

« Eh bien... » Dit-elle, rompant le silence et en lui tendant son manteau comme une couverture.

« Oui... » Répondit-il en le prenant.

Il y eut un silence pesant.

"Shall we meet again for tea or coffee... tomorrow?" he offered, with a degree of trepidation.

"That would be nice." Eliana smiled at him.

Albert put his soft hand inside his coat to feel the Harris Tweed of his jacket and down to the top pocket to see if it was still there; and it was, so, with automatic hand he left it there and returned to the task of doing nothing in particular, but complicating his simple life.

"Tomorrow then? About the same time?"

"Yes, tomorrow." she concurred.

Albert spent the rest of the day in agitation; his head, as usual, over populated with greedy traders, but Mr Oreilles was nowhere to be seen.

No doubt he was out somewhere doing what a tracker does, when he's tracking.

The next day, after a long night of intermittent sleep he turned up to the café at the appointed time and stirred his tea and stared at yet another scentless Belle-Hélène. The time passed as the tea disappeared, but Eliana was nowhere to be seen. Perhaps she wasn't coming?

Why should she?

« Pourrions nous nous revoir pour prendre un thé ou un café...demain ? » proposa-t-il avec une certaine appréhension.

« Avec plaisir » lui répondit Eliana en souriant.

Albert mit sa douce main à l'intérieur de son manteau pour palper le tweed de sa veste et la glissa au fond de sa poche supérieure pour vérifier que la chose était toujours bien là. Et, comme c'était le cas, tel un automate, il l'y laissa et retourna à la tâche de ne rien faire en particulier, mais compliquer sa vie simple.

« Demain alors ? A peu près à la même heure ? »

« Oui, demain. » Acquiesca-t-elle.

Albert passa le reste de la journée en émoi ; sa tête surpeuplée comme d'habitude de traders avides, mais cette fois, on ne pouvait voir Mr Oreilles nulle part.

Sans doute était-il quelque part en train de faire ce que fait un pisteur, lorsqu'il piste.

Le lendemain, après une longue nuit de sommeil intermittent, il arriva au café à l'heure convenue, mélangea son thé puis regarda fixement une autre Belle-Hélène inodore. Le temps passait au fur et à mesure que le thé disparaissait, mais on ne pouvait voir nulle part Eliana. Peut-être ne viendrait-elle pas ?

Pourquoi viendrait-elle ?

After all, he was just an old fool, as Oreilles had observed...a fool in love. But the questions refused to leave him alone. They scurried about the floor of the cafeteria, bumping into the table legs, the chairs, and into each other, like unruly children. And, just as the questions began to run totally out of control, she appeared in the doorway, breathless and beautiful.

"I'm so sorry...I'm so late. Forgive me."

Albert put his soft hand inside his coat to feel the Harris Tweed of his jacket and down to the top pocket to see if it was still there; and it was, so, with automatic hand he left it there and returned to the task of stirring once more what remained of the tepid tea.

"I have something to show you; I needed to finish it. I haven't slept all night. Now, tell me what you think? Really think?"

Eliana placed a small black book on the table and peeled each page before him.

"It's an illustrated story," she said excitedly, "I've done the whole thing myself!"

Au bout du compte, il n'était qu'un vieux bouffon, comme l'avait fait remarquer Oreilles....un bouffon amoureux. Mais les questions refusèrent de le laisser tranquille Elles détalaient sur le sol du café heurtant les pieds des tables, les chaises, et se cognant les unes contre les autres, comme des enfants indisciplinés. Et, juste au moment où elles devinrent complètement incontrôlables, elle apparut dans l'embrasure de la porte, belle et à bout de souffle.

« Je suis franchement désolée....je suis en retard. Veuillez m'excuser »

Albert mit sa douce main à l'intérieur de son manteau pour palper le tweed de sa veste et la glissa au fond de sa poche supérieure pour vérifier que la chose était toujours bien là. Et, comme c'était le cas, tel un automate, il l'y laissa et retourna à la tâche de mélanger une fois de plus ce qui restait du thé tiède.

« J'ai quelque chose à vous montrer ; Il me fallait le finir. Je n'ai pas dormi de la nuit. Maintenant, dites-moi ce que vous en pensez, franchement.

Eliana déposa sur la table un petit livre noir dont elle retira chaque page devant lui.

« C'est une histoire illustrée, » dit-elle tout excitée, « J'ai fait tout cela moi-même ! »

Albert looked at the watercolour illustration depicting a sylvan scene and title, indicating: *Rabbit*.

Albert could hardly believe his eyes, as Mr Oreilles, leaning on a tree, stared at him from the sepia page and adjusting his pleated green jacket with his podgy paws. Next to the image some handwritten words announced the story:

A tracker, Mr Oreilles was no ordinary rabbit, for he had an extraordinary nose. It was said by some, that his sense of smell was prodigious and that his constantly twitching whiskers could tell the length of a carrot even before it was plucked from the...

"What's the matter? You seem upset? I'll go and get a coffee, then you can tell me what you think. You said I was a writer!"

The questions in his head began to multiply like the mops of Mickey Mouse:

What the Hell was that rabbit doing in *her* head when he should be in mine?

Albert regarda l'illustration en aquarelle qui représentait un décor sylvestre et le titre, écrit à l'encre : *Lapin*.

Albert n'en croyait pas ses yeux, pendant que Mr Oreilles, adossé à un arbre, le dévisageait depuis la page sépia et ajustait sa veste à plis avec ses pattes dodues, rondouillardes, grassouillettes. A côté de l'image, quelques mots écrits à la main annonçaient l'histoire :

Nanti d'un flair extraordinaire, Mr Oreilles, pisteur, n'était pas un lapin ordinaire. Certains disaient même qu'il était doté d'un odorat prodigieux et que ses moustaches constamment en alerte parvenaient à deviner la longueur d'une carotte avant même qu'elle ne soit cueillie de...

« Qu'est-ce qu'il y a ? Vous me semblez contrarié ? Je vais chercher une tasse de café et ensuite vous pourrez me dire ce que vous en pensez. Vous avez bien dit que j'étais écrivain ? »

Les questions dans sa tête commencèrent à se multiplier tout comme les balais à franges de Mickey Mouse :

Que diable ce lapin faisait-il dans la tête de la jeune femme quand il aurait dû se trouver dans la mienne ?

There couldn't be two rabbits could there?

Did Oreilles have a twin?

"Eliana, it is…perfect…I…I don't know what else to say."

"Ooh, thank you so much. I was terrified that you might not like it."

"It is…stunning."

Albert looked into her eyes, and without saying a word he told her how much he loved her; and she, in turn, told him how much she loved him. But not a word passed between them, until:

"I want you to have something." he said quietly, as he put his soft hand inside his coat to feel the Harris Tweed of his jacket and down to the top pocket to see if it was still there; and it was, so, with automatic hand he removed it and returned his hand to the table, offering her the old thin paintbrush that Thérèse had given to him and that he had kept all these years. It had a lot less hair than it used to and the varnish had worn off the handle just at the place where he used to twiddle it as he pondered a colour, a shape, or the light as it fell on a litter of leaves.

Il ne pouvait pas y avoir deux lapins, tout de même?

Oreilles aurait-il un jumeau ?

« Eliana, c'est…parfait…je…je ne sais pas quoi ajouter. »

« Oh, merci beaucoup. J'étais terrifiée à l'idée que vous ne l'aimeriez peut-être pas. »

« C'est…magnifique. »

Albert la regarda dans les yeux, et sans dire un mot il lui fit comprendre à quel point il l'aimait ; Et elle, à son tour, lui dit combien elle l'aimait. Mais pas un mot ne fut prononcé entre eux, jusqu'à :

« Je veux que tu aies quelque chose. » dit-il doucement, alors qu'il mettait sa douce main à l'intérieur de son manteau pour palper le tweed de sa veste et la glissait au fond de sa poche supérieure pour vérifier que la chose était toujours bien là. Et, comme c'était le cas, tel un automate, il la retira et remit sa main sur la table pour lui offrir le vieux pinceau fin que Thérèse lui avait offert et qu'il avait gardé toutes ces années. Il était bien moins garni qu'avant et le vernis du manche s'était terni juste à l'endroit où il avait coutume de le tripoter quand il réfléchissait à une couleur, à une forme, à la lumière lorsqu'elle atteignait le tapis de feuilles mortes.

Eliana looked at the frail, worn brush.

She shook her head, slowly.

"Take it," he said.

"I…"

"Take it."

She took the little brush in her hand and felt at once strangely fulfilled.

There was a long silence.

"Where have we been? Lost in time?" Albert said.

Eliana could not answer such an enigmatic question and rose to get herself a coffee.

Albert looked at the rabbit on the page and then out of the window into the busy street. Everything that had been in his head seemed, now, to be unleashed in the crowds of commuters jostling passed the cafeteria.

Eliana examina le pinceau fragile, frêle et usé.

Elle secoua la tête, lentement.

« Prends-le, » dit-il.

« Je… »

« Prends-le. »

Elle prit le petit pinceau dans sa main et se sentit tout d'un coup étrangement comblée.

Il y eut un long silence.

« Où avons-nous été ? Perdus dans le temps ? dit Albert.

Eliana fut incapable de répondre à une question si énigmatique et se leva pour se chercher un café.

Albert regarda le lapin sur la page puis la rue animée à travers la vitre. Tout ce qui avait été jadis dans sa tête semblait, maintenant, se déchaîner dans le ballet incessant des banlieusards qui se bousculaient devant le café.

There were no more questions, the traders were all gone; the once busy stock exchange was empty and deserted; even the loft was clear, and the basement a cavernous hole.

Saliva trickled from the corner of his, now pale and twisted, mouth.

He placed his soft hand inside his coat to feel the Harris Tweed of his jacket and down to the top pocket to see if it was still there; but it was gone, he knew it was gone; and with it, his heart.

Il n'y avait plus de questions, les traders étaient partis ; la Bourse jadis trépidante était à présent vide et déserte ; même les combles étaient dégagés, et le sous-sol n'était qu'un trou béant.

De la salive dégoulinait de la commissure de ses lèvres, à présent pâles et tordues.

Il mit sa douce main à l'intérieur de son manteau pour palper le tweed de sa veste et la glissa au fond de sa poche supérieure pour vérifier que la chose était toujours bien là ; mais elle avait disparu, il savait qu'elle avait disparu, et avec elle, son cœur.